AF494725

LE VEUVAGE
DE
SCHÉHÉRAZADE
DE
HENRI DE RÉGNIER

A LIEGE
A LA LAMPE D'ALADDIN
1926

LE VEUVAGE

DE

SCHÉHÉRAZADE

LE VEUVAGE

DE

SCHÉHÉRAZADE

DE

HENRI DE RÉGNIER

de l'Académie Française.

A LA LAMPE D'ALADDIN

14, Avenue Reine-Elisabeth

1926

POUR

A. M.

S CHÉHÉRAZADE avait mal dormi cette
nuit-là. La journée avait été alourdie
d'un ardent soleil et l'air en était si
pénétré qu'on sentait à le respirer une
sorte de brûlure dont rien ne parvenait
à tempérer le malaise. La légèreté des
plus transparentes mousselines semblait
un poids importun et la caresse ailée
des éventails demeurait impuissante à
rafraîchir l'ombre surchauffée. En vain

Schéhérazade s'était-elle dépouillée un
à un des voiles que n'exigeait pas la dé-
cence. En vain s'était-elle délivrée de
la gêne que lui imposaient ses colliers et
ses bracelets. En vain avait-elle laissé
glisser dans les plateaux, avec un tinte-
ment d'or et un choc de pierreries, ses
bagues les plus précieuses et jusqu'à
cet anneau magique que le sultan Shariar lui avait passé au doigt, le soir de
la Mille et unième Nuit, comme un
témoignage d'amour et un gage de
sécurité, l'anneau dont le talisman sacré
la rendait désormais inviolable et écartait à jamais d'elle la menace de la
lame tranchante du sabre et l'étreinte
mortelle du lacet de soie. Retirée dans
le kiosque le plus secret et le plus aéré

de ses jardins, celui qui était fait tout de cristal et au-dessus duquel se croisaient les panaches flexibles de trois grands jets d'eau qui le paraient d'une couronne étincelante et fluide, Schéhérazade avait vu les heures de cette journée torride s'écouler lourdement aux larmes régulières des clepsydres et aux grains successifs des sabliers sans que rien n'apportât de soulagement à la langueur accablée de son impatiente lassitude. A peine si ses colombes favorites, blanches et à la gorge empourprée, en frôlant de leurs ailes amoureuses son visage excédé, avaient fait sourire un instant sa bouche et ses yeux. Anéantie par cette torpeur, Schéhérazade n'avait même pas eu la force de songer à l'histoire merveilleuse qu'elle aurait, le soir, à conter au sultan Shariar lorsque, le soleil couché, on se réunirait sur la plus haute terrasse du palais pour y goûter, sous le ciel étoilé, le furtif allègement nocturne.

Comme cette journée insupportable, cette soirée ne l'avait guère été moins et Schéhérazade, avant de chercher un peu de sommeil, s'en était rappelé sans plaisir les circonstances désagréables. La moindre n'était pas la façon indifférente et distraite dont le sultan Shariar avait écouté le conte quotidien. A peine Schéhérazade avait-elle commencé à parler que Shariar avait détourné son attention des paroles de la narratrice pour la reporter sur sa propre pensée.

A la manière dont le sultan passait sa
main dans sa barbe noire qui commençait à se strier de fils d'argent, il était
visible que ces pensées ne devaient rien
offrir de bien réjouissant à l'esprit de
Shariar. Schéhérazade avait vu se froncer les sombres sourcils du sultan.
Plusieurs fois même, il avait porté sa
main avec impatience sur le pommeau
de rubis de son sabre et tracassé la
poignée d'agate de son poignard. Malgré
les ingénieuses péripéties du récit de
Schéhérazade, qui était l'histoire d'un
génie enfermé dans une bouteille, le
visage de Shariar était demeuré taciturne sous son turban endiamanté.
Non seulement il n'avait pas tendu à
Schéhérazade, comme il le faisait d'or-

dinaire pour la remercier de son conte, mais encore il avait négligé de lui faire apporter la coupe de neige où l'usage voulait que la conteuse se désaltérât. Cet oubli, n'était-ce pas la preuve, chez le sultan Shariar, de grandes préoccupations ?

Cette attitude de Shariar avait atteint Schéhérazade dans sa vanité. Schéhérazade était fière de ses prouesses de conteuse et de l'art qu'elle apportait à ses histoires, dont la renommée, au delà des limites du royaume de Bagdad, s'était répandue sur toute la terre. Partout le nom de Schéhérazade était célèbre et l'on répétait en tous lieux son aventure fameuse. Les femmes surtout témoignaient pour elle d'une

enthousiaste admiration. N'était-elle
pas l'honneur et la perle de leur sexe et
la merveille de leur esprit? N'avait-elle
pas su, par son talent, s'imposer aux
cruelles fantaisies d'un Shariar et y
mettre un terme? Par sa ruse délicieuse,
par son ingénieuse astuce, elle avait
déjoué le piège mortel où elle avait été
exposée. N'était-elle pas un exemple
magnifique et charmant de la supério-
rité féminine? Tout cela lui valait un
renom, auquel elle n'était pas insensible.
Et Shariar, ce soir-là, avait blessé sa
susceptibilité... Il lui avait " manqué „.
Il avait oublié la grâce qu'après tout elle
lui faisait. Quand on a le privilège et la
bonne fortune d'entendre conter une
Schéhérazade, on doit être tout oreilles,

et comment peut-on s'exposer à perdre
la moindre de ses paroles? Que veut
dire une mine pensive, de se renfrogner
sous son turban, de tracasser son sabre
et son poignard, de froncer les sourcils,
de prendre un air distrait et préoccupé?
Il y a là une véritable offense et, comme
tous les auteurs, Schéhérazade était
irritable et rancunière. Elle avait été extrêmement vexée du procédé de Shariar,
mais ce qui avait mis le comble à son
dépit, c'était que Shariar, lorsqu'elle
avait cessé de parler, ne lui eût pas
posé les questions qu'il ne manquait
jamais de lui adresser sur les événe-
ments et les personnages de ses récits.
Décidément Shariar avait été un auditeur récalcitrant et, le conte fini, sans

14

plus s'occuper de Schéhérazade, il s'était entouré des volutes de fumée de sa longue pipe, tandis que, sous les étoiles, du fond du jardin, venait la plainte des fontaines et que voletaient, autour du sombre visage enturbanné, de malicieuses et furtives petites chauves-souris.

Ce silence du sultan Shariar avait duré jusqu'à l'apparition sur la terrasse du grand vizir Kerendar. Ce Kerendar était un personnage que Schéhérazade n'aimait point. Fort écouté de Shariar, plus d'une fois, il s'était opposé aux coûteuses fantaisies de Schéhérazade. Par exemple, il avait blâmé la construction du fameux kiosque de cristal, couronné de jets d'eau, et divers autres

amusements de la sultane. Ces oppositions et ces critiques, Kerendar les
expliquait par des raisons d'Etat. Les
grandes et glorieuses guerres menées
par le sultan Shariar avaient coûté
beaucoup d'hommes et d'argent. Le
royaume était décimé et le trésor à sec.
Tout cela n'avait pas rendu Shariar très
populaire. On l'accusait de n'épargner
assez l'or ni le sang de ses sujets et de
les répandre sans ménagement pour
satisfaire ses ambitions et ses plaisirs.
Le peuple de Bagdad se plaignait et
murmurait. De ces plaintes et de ces
murmures Kerendar était averti, car il
entretenait une police puissante et perspicace. Elle le tenait au courant de ce
qui se passait dans le royaume et aussi

16

dans la ville et le palais. Les faits et gestes de Schéhérazade n'échappaient pas aux investigations de Kerendar. Cette surveillance qu'exerçait Kerendar rassurait la jalousie de Shariar, mais horripilait Schéhérazade, non qu'elle eût l'intention d'être infidèle à Shariar. Cependant, il ne lui eût pas déplu d'être entourée de tendres hommages et de douces paroles. Or, la vigilance de Kerendar écartait les plus audacieux. Nul n'osait en sa présence lever les yeux sur elle. La vue d'un beau visage est pourtant un plaisir innocent et Schéhérazade eût aimé en voir quelques-uns lui montrer que le sien les charmait par sa beauté. La sombre figure de Shariar ne lui était pas d'un extrême divertissement.

A mesure que Kerendar avait parlé bas à Shariar, le visage de Shariar était devenu de plus en plus sombre. Sa main se crispait sur le gros rubis de son sabre. Les nouvelles qu'apportait Kerendar n'étaient pas, en effet, des plus agréables. Des émissaires envoyés dans les diverses parties du royaume en avaient retenu les bruits les plus fâcheux. La perception de l'impôt provoquait des troubles. En certains lieux on était allé jusqu'à maltraiter les agents du fisc. Ailleurs, les paysans dissimulaient leurs récoltes et leurs marchands cachaient leurs denrées, comptant sur le renchérissement que produirait la famine, dont on annonçait l'imminence. Beaucoup d'habitants quittaient le pays et

18

plusieurs régions demeuraient désertes. Le mécontentement était général contre un sultan qui passait ses nuits à se faire conter des histoires au lieu de travailler au soulagement de ses peuples. Schéhérazade, qui avait comme toutes les femmes l'oreille fine, ne perdait rien des propos de Kerendar ; aussi, apprit-elle qu'un complot s'était formé à Bagdad pour attenter à la vie du sultan. Les conjurés projetaient d'envahir le palais, de rompre les portes des jardins, et d'en finir avec Shariar par la torche et l'épée. Cette criminelle affiliation comptait de nombreux membres liés entre eux par des serments formidables et était dirigée par des chefs fanatiques. Bagdad était infestée de ces menées

qui eussent présenté un réel danger si
la police de Kerendar n'y eût veillé et
n'eût eu en mains les fils du complot.
Le grand vizir se faisait fort de mettre
à néant ces visées néfastes, à condition
de ne les point perdre de vue un seul
instant, mais il en coûterait des sommes
considérables. Aussi fallait-il y astrein-
dre toutes les ressources de l'Etat et ne
pas employer à autre chose un seul
dinar. Kerendar, si on lui en fournissait
les moyens, répondait de tout. Durant
ces propos, Shariar n'avait cessé de tirer
les pointes de sa barbe et il avait quitté
la terrasse, la main posée sur l'épaule
de Kerendar et sans un regard pour
Schéhérazade, qui n'avait pas tardé à
se retirer dans son appartement.

Une fois rentrée chez elle et sûre que
Shariar ne viendrait pas la retrouver,
cette nuit-là, elle avait renvoyé ses
femmes et s'était étendue sur le cuir
parfumé de ses coussins. L'air nocturne
avait perdu un peu de son ardeur et on le
respirait plus aisément. Par les fenêtres
entraient le murmure des fontaines et
l'odeur des roses. Il s'y mêlait les rayons
argentés d'une lune tardive. Le silence
n'était troublé que par les appels des
sentinelles qui, le yatagan nu, gardaient
les portes des jardins. Schéhérazade eut
un instant l'idée d'y descendre. Elle
aimait parfois à s'y promener la nuit
et à y aller admirer le sommeil des
volières. Les beaux oiseaux qui les
remplissaient dormaient la tête sous

21

l'aile et Schéhérazade s'amusait à leurs
silhouettes décapitées, mais elle avait
reculé devant la fatigue de chausser de
nouveau ses babouches courbes et elle
s'était contentée de penser à la pie
hâbleuse qui la divertissait tant, lorsqu'elle était enfant. Cette pie était la
joie de la pauvre échoppe du savetier,
son père. Comme elle babillait, la pie,
pendant que le brave homme battait et
cousait le cuir! Schéhérazade songeait
souvent à l'échoppe paternelle. C'était
là qu'elle avait grandi, vêtue de loques
qu'elle arrangeait déjà avec coquetterie
en suçant quelque tranche de pastèque.
C'était là qu'elle avait écouté parler les
gens de toute sorte qui fréquentaient la
boutique. Les nouvelles de la ville y

22

circulaient, abondamment commentées. Son père avait la langue aussi pointue et coupante que son alène et ne dédaignait pas d'amuser ses clients par ses anecdotes et ses apologues. C'était parmi cet humble et crédule auditoire qu'elle avait pris le goût de ces contes qui avaient joué un si grand rôle dans sa singulière histoire. Dans ces palabres, toute petite, elle plaçait son mot, et ses imaginations et inventions enfantines amusaient ce facile public populaire. Elle avait ainsi attiré l'attention d'Ibrahim, le vieux marchand de tapis, à qui son père l'avait vendue et qui lui avait appris l'amour, sans le lui faire éprouver. Ibrahim n'avait pas été son seul maître en cette matière et d'autres avaient

complété ses leçons. Elle n'y avait guère
pris de plaisir. Les visages qui s'étaient
penchés sur elle ne lui avaient guère
montré de jeunesse ni de beauté, mais
ses complaisances lui avaient valu d'être
mieux nourrie, mieux vêtue, d'être parée
de quelques bijoux et de pouvoir venir
en aide à la pauvreté des siens. En ces
temps difficiles, elle se consolait de ses
peines en imaginant des aventures merveilleuses où elle s'attribuait le premier
rôle. Il en avait été ainsi jusqu'au jour
où était parvenu à ses oreilles le bruit
de l'étrange épreuve à laquelle le sultan
Shariar soumettait les conteuses qui
s'évertuaient à distraire ses insomnies.
Elle avait su les risques sanglants que
couraient les imprudentes, mais un

24

secret désir lui était venu de tenter le
dangereux essai. Aussi, un beau jour,
s'était-elle présentée au palais pour être
inscrite sur la liste fatale. L'appel de
son nom n'avait pas tardé. Elle revoyait
la haute terrasse ; elle revoyait le sultan,
attentif à ses histoires si astucieusement
interrompues et laissées en suspens.
Elle songeait à l'étrange fortune qui lui
était advenue. Non seulement le tran-
chant de sabre ne s'était pas abattu sur
son cou, mais la barbe noire du sultan
avait effleuré son visage, et ses mains
aux lourdes bagues avaient caressé son
corps. La fille du savetier, la petite
conteuse des Mille et une Nuits, était
devenue la sultane favorite du grand
sultan Shariar. Tout Bagdad enviait sa

puissance, et son histoire était plus merveilleuse que toutes celles qu'elle avait racontées... Pendant qu'elle remuait ce brillant passé, Schéhérazade avait senti ses paupières s'alourdir. Peu à peu le sommeil, longtemps infidèle, venait à elle avec les premières clartés de l'aube. Bientôt le pauvre Shariar allait s'éveiller pour s'occuper des affaires de l'État, tandis qu'elle, qui n'avait pas de ces soucis, pourrait dormir longuement, paresseusement, comme si elle était encore au fond de l'échoppe paternelle, la petite fille du savetier!

Mais Schéhérazade ne devait guère dormir, cette nuit-là. A peine avait-elle fermé les yeux qu'il lui avait semblé percevoir des rumeurs insolites. Le

palais s'emplissait de bruits bizarres.
Des pas couraient dans les jardins et
retentissaient dans les escaliers. Bientôt
des cris se mêlèrent à ces rumeurs.
Partout un étrange désordre se mani-
festait. Que se passait-il? Le peuple de
Bagdad se révoltait-il? Etait-ce quelque
incendie ou quelque tremblement de
terre? Des ennemis avaient-ils subite-
ment attaqué la ville? Rêvait-elle, en
proie à quelque cauchemar? Etait-ce
un de ses contes qui se continuait dans
son sommeil? Mais non! Cet homme
debout devant son lit, le turban dénoué,
les bras levés, n'était ni un fantôme, ni
un esprit. Schéhérazade reconnaissait
ce teint jaune, ce long nez, ces yeux
obliques. C'était bien le grand vizir

Kerendar qui se tenait devant elle, hagard, bégayant, gesticulant et dont les mains ensanglantées laissaient tomber sur le pavé de marbre blanc de larges gouttes rouges !

Le sultan Shariar venait d'être trouvé assassiné dans son lit. Son propre poignard à manche d'agate était enfoncé dans sa poitrine et son propre sabre à pommeau de rubis avait servi à lui trancher la gorge. A sa porte, ses gardes gisaient, la langue pendante et le lacet au cou. Quant au meurtrier, disparu sans laisser de traces, il ne devait jamais être retrouvé. Un sourd mécontentement régnait dans Bagdad et la mort du sultan Shariar en était la preuve. Entré au matin dans la chambre de son maître et à la vue du tragique spectacle qui s'offrait à ses yeux, Kerendar avait tenté de porter secours au sultan, mais tout secours était inutile. Kerendar n'avait pu que constater la mort de Shariar et avait couru en avertir Schéhérazade. Schéhérazade était fort populaire à Bagdad pour sa beauté et son talent et Kerendar s'offrait à la faire reconnaître comme sultane régnante. Rien n'était plus aisé et notre homme se faisait fort d'arranger les choses pourvu que Shéhérazade s'engageât à lui conserver le grand vizirat et le chargeât de gouverner en son nom. Sinon le pouvoir passerait aux mains de l'atabeck de

Mossoul et Schéhérazade serait enfermée jusqu'à la fin de ses jours en lieu sûr, à moins que ses jours ne se terminassent autrement. Schéhérazade n'avait pas d'ambition, mais elle aimait ses aises. La pensée de quitter son palais, ses jardins, ses kiosques, ses fontaines, ses rosiers, ses volières lui était pénible. Puis cette royale aventure ne complétait-elle pas glorieusement sa merveilleuse destinée ? La mort de Shariar ne lui causait guère de chagrin et la perspective d'être la maîtresse absolue de ses actes lui plaisait assez. Désormais, elle pourrait vivre à sa guise sans avoir à distraire de son corps et de sa parole un maître, généreux sans doute, mais exigeant. Elle pourrait dormir ses pleines

30

nuits sans avoir à veiller tard pour amuser son insomnieux auditeur; elle pourrait aller et venir à son gré, se reposer ou se taire et surtout ne plus conter d'histoires. Quel soulagement de n'être plus obligée d'inventer ces récits fabuleux dont elle commençait à être excédée! Toutes ces considérations la portèrent à accepter la proposition de Kerendar, qui régla tout pour le mieux et avec une remarquable dextérité. Les funérailles de Shariar furent suivies de près par le couronnement de Schéhérazade, que compléta bientôt la pendaison du grand vizir Kerendar, reconnu comme le meurtrier du sultan Shariar, bien que l'on n'eût pu trouver aucune preuve de sa participation au crime.

Mais il fallait un coupable et Schéhérazade avait pris en grippe Kerendar depuis la peur qu'il lui avait faite en la réveillant brusquement et en agitant ridiculement ses mains sanglantes.

Les premiers temps du règne de Schéhérazade furent heureux, c'est-à-dire que le peuple de Bagdad continua à souffrir à peu près les mêmes maux, à payer les mêmes impôts, à supporter les mêmes injustices et les mêmes misères, mais cet état de choses qui faisait détester Shariar fit adorer Schéhérazade. Les peuples sont ainsi faits. Leur sort est uniformément pitoyable et leur bon-

heur n'est jamais qu'imaginaire. Schéhérazade inaugura donc un règne heureux.
On le lui répéta même si souvent qu'elle
commençait à s'étonner de ce que son
bonheur ne fût pas égal à celui de ses
sujets. Cette disproportion la vexait.
Donc, lorsque Schéhérazade eut dormi
autant qu'elle voulait, quand elle se fut
parée de tous les joyaux du trésor de
Shariar, quand elle se fut montrée au
peuple et fut rassasiée de ses acclama-
tions, quand elle eut rebâti son palais,
replanté ses jardins, changé de place les
kiosques, les fontaines et les bosquets,
fait pendre le grand vizir Kerendar,
elle s'aperçut qu'elle n'était pas plus
heureuse que du vivant de Shariar. Le
soir venu, quand elle montait sur la

terrasse de son nouveau palais, quelque
chose lui manquait. Elle se sentait oisive
et incertaine. Schéhérazade avait l'habi-
tude de raisonner ses impressions. Ayant
bien réfléchi, elle reconnut que les
histoires qu'elle contait chaque soir à
Shariar lui entretenaient l'esprit dans
une fortifiante et ingénieuse activité. Il
lui fallait en inventer le sujet, en imaginer
les circonstances. Le jeu cessé, il s'en-
suivait pour elle une sorte d'engourdis-
sement spirituel qui n'était rien moins
qu'une forme discrète de l'ennui. Mais,
à cet état, comment remédier? Elle ne
pouvait pas, cependant, grouper autour
d'elle ses suivantes et ses gardes pour
s'en faire un auditoire. Elle en eût
détesté les complaisances et méprisé les

34

applaudissements. Restait la ressource
d'écrire ces histoires, mais elle savait
qu'à être écrites les histoires contées
perdent fort. Aux siennes, si merveilleuses qu'elles fussent, manqueraient le
son de sa voix, la grâce de son geste, la
malice et le mystère de son sourire et
de ses yeux. Sa réputation universelle
de grande conteuse risquerait d'y perdre. Ces constatations augmentaient son
ennui. Les journées lui semblaient lon-
gues et l'approche de la nuit l'agitait.
Pour se distraire, Schéhérazade eût pu
recourir à des plaisirs qui, pour être
silencieux, n'en sont pas moins vifs,
mais elle savait à peu près tout l'agré-
ment que l'on peut attendre des étreintes
physiques et l'amour ne s'improvise pas,

pas plus pour les sultanes que pour les filles de savetier. Et puis, quand on est au faîte des honneurs, on est adulé, on est respecté, on est craint. Il est bien difficile d'être aimée.

Schéhérazade allait souvent rêver à ces choses dans son kiosque de cristal, le seul qu'elle eût conservé des anciens jardins. Le bruit des jets d'eau berçait ses pensées et il lui semblait que leurs voix fluides lui contaient une invraisemblable histoire, mais, hélas! la voix de l'eau n'est pas la voix humaine! Tout à coup, Schéhérazade tressaillit. Une idée soudaine lui traversait l'esprit. Ne serait-ce pas amusant pour elle qui avait tant conté d'entendre conter à son tour? Pourquoi n'essayerait-elle pas? Certes, comme Shariar elle ne ferait pas décapiter le conteur ennuyeux! Elle se contenterait de lui faire couper les oreilles pour le punir de n'avoir pas su charmer les siennes. Schéhérazade n'était pas cruelle ; elle se repentait même un peu d'avoir fait pendre le pauvre Kerendar. Maintenant, elle était plus sage, mais la sagesse a ses heures d'ennui. Décidément, elle convoquerait les conteurs. La nouvelle en serait publiée demain dans Bagdad...

Elle le fut et y produisit le meilleur effet. La merveilleuse histoire de Schéhérazade, la fille du savetier, devenue sultane favorite du grand Shariar, avait mis les contes à la mode et cette mode avait fait naître un nombre infini de

conteurs. Il n'était guère de maison à
Bagdad où l'on ne contât. Les veillées
retentissaient de récits fabuleux, pleins
de péripéties et de prodiges. Il s'était
formé des assemblées ou académies où
l'on se réunissait à certains jours pour
écouter les nouvelles compositions des
membres de l'association. Ces sociétés
avaient institué des concours et distri-
buaient des prix. Il en résultait des
vanités singulières, des rivalités ardentes
et des animosités qui allaient jusqu'à
la haine. Ces cénacles se jalousaient
âprement. Bref, une véritable fureur
littéraire s'était emparée de Bagdad.
On juge de l'effet que produisirent
l'appel lancé par la sultane aux conteurs
et l'invitation qu'elle leur faisait de la

venir distraire. Les concurrents disposés
à prendre part à l'épreuve pouvaient se
faire inscrire chez le grand maître du
palais. La clause des oreilles coupées
en cas d'échec inquiéta bien un peu,
mais la vanité des conteurs bagdadiens
était si forte qu'aucun d'eux n'admettait
la possibilité d'avoir à subir un pareil
outrage. Leur talent ne leur garantissait-il
pas l'heureuse issue de l'aventure ? Le
plus modeste était persuadé que, dès
que Schéhérazade aurait entendu son
conte, elle s'empresserait de l'en récom-
penser magnifiquement. L'ordre des
conteurs serait tiré au sort.

Le premier que le sort favorisa fut
Mardouk. C'était un petit homme laid
et prétentieux. Il avait pour lui-même

une estime infinie, aussi ne doutait-il
pas que Schéhérazade, lorsqu'elle
l'aurait entendu, s'en tiendrait là et à
lui et l'attacherait à sa personne. Aussi
fut-ce plein d'une assurance admirable
qu'il se présenta au palais. Malgré que
ses rivaux méprisassent Mardouk et le
jugeassent un petit esprit, ils n'en étaient
pas moins quelque peu anxieux. Les
femmes ont si mauvais goût que l'on
n'est jamais sûr de la justesse de leur
choix et leurs caprices déroutent toutes
prévisions. Quant à Mardouk, il était
certain de sa réussite. Cela se voyait à
la façon dont il monta en boitillant
sur ses jambes torses l'escalier qui
conduisait à la terrasse du palais où
l'attendait Schéhérazade. Mardouk,

40

pour la circonstance, avait fait toilette. Il s'était fait coudre par le meilleur tailleur de Bagdad un habit qui l'avantageait et il s'était coiffé d'un volumineux turban surmonté d'un piquet de plumes. Les cheveux taillés de frais et la barbe parfumée, il se sentait animé d'un vaste orgueil. En effet, les confrères de sa corporation avaient tenu à l'accompagner jusqu'à la porte du palais et une grande foule de peuple s'était jointe à eux. Ce fut dans ce cortège imposant que Mardouk se présenta au palais. Quand il y eut été admis, la foule ne s'était pas dissipée. Une grande animation agitait les groupes. Des discussions s'élevaient sur le talent de Mardouk. La nuit avait beau s'avancer, les conversations ne cessaient pas ; cependant, elles se turent soudain quand la grande porte de bronze du palais s'ouvrit brusquement et qu'on vit reparaître Mardouk. La robe en désordre, le turban déroulé, il tenait précieusement dans un morceau d'étoffe ses deux oreilles coupées.

L'exemple de Mardouk ne découragea pas ses rivaux. Chaque semaine, celui que le sort désignait montait sur la haute terrasse du palais de Schéhérazade. Elle écoutait avec soin l'histoire qu'on lui débitait, mais elle était obligée de reconnaître qu'elle n'y prenait pas grand plaisir. Les inventions merveilleuses, qui la divertissaient fort quand elles naissaient dans son esprit, lui paraissaient sans intérêt lorsqu'elle les entendait de la bouche d'un autre. Que ces aventures sont donc monotones, avec leurs lampes merveilleuses, leurs jarres enchantées, leurs génies, leurs monstres, leurs trésors, leurs voyages, leurs grottes, leurs sortilèges et tout ce à quoi se plaît la pauvre imagination des hommes! Que tout cela est donc vain et fastidieux! Si bien que Schéhérazade, après un certain nombre d'essais et un certain nombre d'oreilles coupées, laissa, découragée, repartir les conteurs sans exiger d'eux le gage auriculaire qu'elle eût été en droit de leur réclamer. Qu'avait-elle à faire de ces billevesées et de ces bourdes? Personne ne serait donc capable de soulager son ennui ? Excédée, elle en arrivait à congédier les conteurs avant même qu'ils lui eussent déballé leurs sornettes. Ceux-ci, atteints en leur vanité, ne manquaient pas d'attribuer leur échec à des causes qui leur en adoucissaient l'amertume. Des langues venimeuses répandaient dans Bagdad des propos sournois et malveillants. Il se répétait à voix basse que la sultane, affaiblie d'esprit et abaissée d'intelligence, n'était plus en état d'apprécier les beaux récits des conteurs bagdadiens. Des chansons et des épigrammes coururent sur son compte, où elle était vilipendée.

Pour se distraire de ses déconvenues, Schéhérazade errait dans ses jardins. Ils lui paraissaient extrêmement vides. La solitude lui pesait. Le bruit de son pas répété par l'écho la faisait tressaillir. En vain les bassins élançaient leurs jets d'eau, en vain les fleurs épandaient leurs parfums, en vain chantaient les oiseaux, Schéhérazade se sentait mélancolique et abandonnée. Le respect qui l'entourait, en lui montrant l'étendue de sa puissance, lui en faisait voir l'inutilité. Elle en arrivait presque à regretter les baisers ponctuels et barbus de Shariar, ses solides étreintes, sa voix rude, mais qui parfois savait louer sa beauté. Parfois, Schéhérazade songeait à voyager, à parcourir son royaume. Montée sur la plus haute terrasse de son palais, elle regardait l'horizon. Le fleuve traversait la ville, de son cours majestueux et

monotone où se reflétaient les minarets
des mosquées. Au delà, une campagne
immense s'étendait jusqu'à de lointaines
montagnes. Elle voyait les aigles planer
au ciel et les troupeaux tacher la verdure
des prairies arrosées par le fertile lacis
des canaux. Parfois, elle apercevait
quelque caravane en route vers Bagdad.
N'apporterait-elle pas, au pas rythmé
des chameaux, la nouvelle inattendue,
le bijou rare, la présence unique, le
visage merveilleux? Et elle songeait
avec regret au temps où la vie était faite
pour elle de misère et d'inconnu, où,
petite fille du savetier, elle mangeait des
écorces de pastèques ramassées dans
les détritus des marchés, tandis que
pullulait la vermine dans les loques

qui couvraient mal sa jeune peau nue.

Ce fut dans l'un de ces jours de tristesse que l'on vint annoncer à Schéhérazade l'arrivée d'une grande caravane. Du fond de la contrée des Garamides, à travers les déserts de la Bogdiane, elle avait gagné Bagdad au prix de mille fatigues et de mille dangers, pour offrir à la sultane des présents que lui adressait le roi de ce pays. Les hommes qui la composaient ne ressemblaient à ceux de Bagdad ni par le vêtement, ni par la figure. Parmi eux s'en trouvait un qui passait pour un conteur célèbre et prétendait tenter l'épreuve. Il était de haute stature et portait le visage soigneusement voilé, comme une femme. On le disait de grande race et de famille princière. Il sollicitait la faveur de conter devant la sultane. A cette demande, Schéhérazade avait haussé les épaules. A quoi bon tenter une fois encore une expérience inutile ? Que lui voulait donc cet étranger présomptueux ? Celui-là, par exemple, elle ne l'épargnerait pas. Pour punir son audace, elle lui ferait non pas couper les oreilles, mais trancher la tête. Tant pis pour lui et qu'on lui dise qu'elle l'attendait le lendemain !

C'était une nuit chaude et lumineuse pareille à celle où avait été assassiné Shariar. Les étoiles luisaient et la lune était levée. Schéhérazade, étendue sur ses coussins de cuir parfumé, écoutait, comme cette nuit-là, le murmure des fontaines en respirant l'odeur des roses. Elle se sentait étrangement troublée. Elle aurait voulu baigner son corps fiévreux dans une eau glacée pour en éteindre l'ardeur inquiète. Dès qu'elle en aurait fini avec l'étranger présomptueux, elle se plongerait dans la piscine souterraine dont les eaux provenaient d'une source si profonde qu'elles avaient l'étincelante transparence du diamant; mais auparavant elle commanda que l'on introduisit l'homme aux contes. A l'instant, il parut.

Il était, en effet, de haute taille et semblait de complexion robuste et élégante. Une ample robe l'enveloppait tout entier et sa figure était couverte d'un voile. Au lieu de se prosterner aux

pieds de la sultane, il se tint debout
devant elle. Elle le considérait avec
curiosité. Quelles paroles allaient sortir
de cette bouche secrète? Schéhérazade
se sentait soudain intéressée. Soudain,
il lui semblait que le cuir de ses coussins
devenait d'une fraîcheur délicieuse, que
les étoiles étaient plus brillantes, la
lune plus argentée. L'air avait un goût
particulier. Les fontaines murmuraient
plus harmonieusement; les roses étaient
plus odorantes. Tout à coup, dans
l'ombre soudain divine, un rossignol
chanta. L'étranger se taisait toujours et
demeurait voilé. Schéhérazade se taisait
aussi, le cœur palpitant, et elle baissait
les yeux.

Quand elle les releva, l'homme

s'était dévoilé et la regardait, le visage
nu, un doigt posé sur ses lèvres. Il était
beau, beau comme le bonheur et l'au-
rore, et il continuait à se taire et cependant Schéhérazade entendait sortir de
cette bouche taciturne les muettes
paroles du plus merveilleux des contes,
celui que l'Amour dit au silence et qui
contient toute la beauté de la mort et de
la vie.

Il a été tiré de cet ouvrage, le sixième
de la collection " A LA LAMPE D'ALADDIN "
1 exemplaire unique sur vieux Japon por-
tant le n° 1. 20 exemplaires sur papier du
Japon, numérotés 2 à 21. 40 exemplaires
sur papier Madagascar des papeteries
Navarre, numérotés 22 à 61. 300 exemplaires sur papier vergé baroque thé, numérotés 62 à 361. Il a été tiré en outre,
35 exemplaires sur vergé baroque crème,
numérotés en chiffres romains I à XXXV,
réservés à M. Herbillon-Crombé, libraire
à Bruxelles.

Exemplaire N° 251

Achevé d'imprimer le 9 Juillet 1926 sur
les presses des Artisans Imprimeurs, sous
la direction technique de F. Lefèvre, 23,
rue de la Mare, à Paris (xxᵉ), pour les
Editions de la Lampe d'Aladdin, P. J.
Aelberts et M. Dethier, directeurs, 14,
avenue Reine Elisabeth à Liège, Belgique.